BERTIE ANGLE.

ASPECTS SENTIMENTAUX DU FRONT ANGLAIS.

DORBON-AINÉ

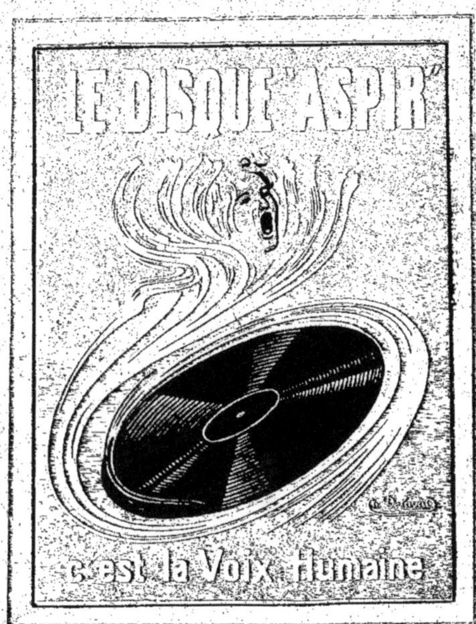

GRANDS DISQUES ASPIR DE 28/30 CENTIMÈTRES

Imp. A.-G. L'HOIR
26, rue du Delta, Paris

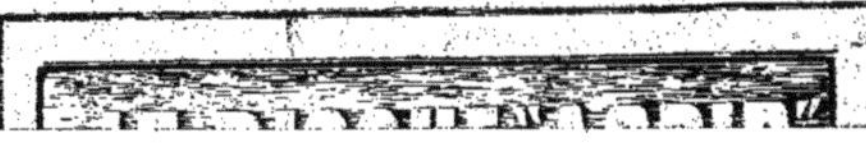

LES PLAISIRS DU CAMP

BERTIE ANGLE.

ASPECTS SENTIMENTAUX DU FRONT ANGLAIS.

DORBON-AINÉ

Aspects Sentimentaux du Front Anglais.

Say, is there Beauty yet to find?
And Certainty? and Quiet kind?
Deep meadows yet, for to forget
The lies, and truths, and pain?... Oh! yet
Stands the Church clock at ten to three?
And is there honey still for tea?

RUPERT BROOKE.

England and France must, by force of their pre-engagements, all enter the lists too, and if so, he would say, the combatants, brother Toby, as sure as we are alive, will fall to it again, pell-mell, upon the old prize-fighting stage of Flanders.

STERNE.

To

G. A. SULLIVAN

Absent friends.

Nous avons souvent pensé à vous, parlé de vous, ô disparus, avec un sourire. Nous n'avons pas fait de phrases. Nous n'avons point jeté de fleurs.

Mais vous vivez pour toujours dans nos cœurs fraternels et nos conversations d'après dîner. Aussi bien, la façon triviale dont nous évoquons votre souvenir prouve votre immortalité.

De Suisse, un grand écrivain s'écrie : " ô jeunesse héroïque du monde ", avec sincérité. Nous, nous pensons : " it's damned rotten luck ! " *et " qu'est-ce que vous voulez, c'est la guerre ". Nous ne vous en admirons pas moins. Mais nous ne le disons pas. Il nous faut avoir quelque pudeur.*

Business as usual

Il faisait chaud même à l'ombre des arbres.

Parfois le bruit de la canonnade, l'éclatement puissant des obus couvraient la voix des chanteurs et le son grêle du piano désaccordé. Mais personne ne s'en préoccupait. Des aéroplanes passaient et repassaient au-dessus de nous.

A l'une des fenêtres du « château », deux blessés et une *nurse* contemplaient le spectacle. Et des oiseaux voltigeaient de la branche à l'herbe, traitant en amis ces êtres humains dont ils ne s'effrayent plus.

Business as usual, — il me sembla tout à coup apercevoir, révélée, la valeur profonde de cette phrase si souvent lue.

Des souvenirs apparurent, visions brèves : Victoria Station, à l'heure du départ des trains militaires, alors que s'embarquent sans emphase, avec leur sourire habituel et un geste de la main pas plus dramatique que de coutume, les soldats vers le Front perfide, comme s'ils partaient pour deux semaines de vacances; certaine ambulance où se rencontrèrent blessés, avec un « Hulloh! » à peine surpris, deux amis intimes qui ne s'étaient pas revus depuis près de deux ans; la vie qui continue, normale en apparence, à Londres et même au front. *Business as usual*, obstinément, irrévocablement.

Et je compris que cette apparente indifférence cachait miraculeusement une sensibilité différente de la nôtre; et que cette formule s'affirmait plus qu'une adroite devise commerciale, puisqu'en elle se résumaient toute la pudeur, la dignité, la beauté d'une attitude voulue — et presque inconsciente d'avoir été voulue depuis tant de siècles — d'une race en face de la Vie et de la Mort.

Gramophones

Sur la Tamise au crépuscule leur gaieté n'est qu'un peu choquante, leur sentimentalité de mauvais goût et leur impassibilité nasillarde. Mais ici, ici...

Importance effective et symbolique des gramophones. Décidément.

Mess d'officiers à six kilomètres des tranchées; c'est-à-dire : décor plutôt délabré avec un trou d'obus au plafond, du papier en guise de carreaux et des caisses pour compléter le mobilier, mais dîner en somme excellent, Champagne et Bordeaux, primeurs et poissons venus en automobile de la ville voisine.

Repas fort gai comme il sied, avec anecdotes et plaisanteries; même ceux qui ne parlent guère s'amusent. Puis, avec le café, un jeune lieutenant met en marche le gramophone — qu'on n'écoute pas. Personne ne frémit rythmiquement avec « Scheherazade » ni passionnément avec la « Mort d'Ysolde ». (Ah, devinerai-je lequel de ces jeunes gens a apporté ces records?)

Et, soudainement, après quelques mesures d'une chanson de music-hall qui fit fureur le premier été de la guerre, et qui s'insinue, puis éclate victorieusement — silence énorme et qui pèse, et regards vagues ou fixés sur on ne sait quelle vision.

O moment incomparable de presque insoutenable émotion! La sentimentalité anglaise, évoquée, est sortie furtive, exaltée, de sa cachette. Elle remplit la pauvre chambre. Elle est sons, couleurs, formes, parfums. Elle charme les cœurs pourtant bien gardés.

Que voient-ils? Que ne vois-je pas moi-même? Il évoque plus que le music-hall et que des soirs joyeux, cet air de romance très rythmé que pour nous chanta jadis quelque Ethel Levey. C'est toute l'Angleterre, les campagnes vertes, les bruyères d'Ecosse, les grands feux de charbon, les sports ardents, et

Londres, Londres, la rue bruissante, ce charme unique, varié, la vie facile, le confort moderne, les amis disparus, les femmes qui attendent, les rencontres futures, le passé tout entier, l'avenir indevinable. C'est tout ce qui n'est pas la présente guerre. Ah! le précieux instant d'ardeur sentimentale! Jamais, jamais nous n'avions tant aimé la vie!

Mais quand se tait le magique gramophone, on tousse, on se secoue et on se verse un autre whisky-and-soda. L'émotion s'est enfuie.

« *Jolly good tune, this...* », remarque un officier.

Voilà, nous avons déjà oublié et nous pouvons nous regarder avec nos yeux de tous les jours.

Campements

Qu'elles sont charmantes et théâtrales, ces villes féeriquement surgies de terre. Toutes peuplées de courage et d'adresse, elles poussent en une nuit au milieu d'un champ, près de la lisière d'un bois ou accrochées au flanc d'une colline.

Elles sont bâties de bois, de tôle et de toile; les tentes sont peintes de couleurs crues, vert éclatant, terre rouge, orange brutal, jaune *like ripe corn*, avec des taches et des zébrures d'allures tout à fait cubistes, des arbres, des fleurs et des nuages dans la manière du douanier Rousseau. Ainsi maquillées, elles se rendent invisibles aux regards avides des aviateurs.

Et parfois, au coucher du soleil, avec les lueurs un peu fumeuses de leurs feux de bois vert, on croirait voir le décor barbare où nous vîmes jadis tournoyer et s'alanguir, inoubliablement, les danseurs du Prince Igor.

Conversation

Ces soldats qui conversent, couchés sur le talus d'un petit canal latéral et stagnant, s'ils s'attristent, se plaignent et exhalent leur mauvaise humeur en un langage véhément d'une richesse en jurons vraiment inimaginable, ce n'est point qu'ils soient découragés — mais la poussière plus dense, les mouches plus innombrables, la journée plus étouffante encore que d'habitude, et une inconsciente sentimentalité les forcent de se soulager ainsi. (Et cet orage qui n'éclate pas.)

Leurs paroles banales, leurs considérations sur la guerre voilent d'autres pensées dont ils ignorent l'essence et presque l'existence.

Nostalgie informulée de ces âmes obscures.

...Matches de cricket à l'Oval, soirs tendres et paresseux sur la Tamise encombrée, coquillages au vinaigre des thés de Margate, odeur puissante et délicieuse des grands bars aux lumières violentes, bruits invisibles dans le brouillard de novembre, soleil de juin sur l'herbe presque trop verte des Parks, et cette étonnante Oxford Street. Et Londres, Londres un samedi soir...

Tandis que dans l'eau attristée, à peine liquide de ces canaux, se reflètent les ciels lourds et les nuages d'ici, gras comme des vaches flamandes.

Rencontre

Un soleil timide, à demi caché derrière des nuages légers, s'essayait à dorer les arbres de la petite place. A intervalles réguliers, une grosse pièce, située non loin de là, faisait trembler la porte de la salle à manger et les fenêtres un peu disjointes ; sur le buffet, des bouteilles trop rapprochées à chaque coup tintaient. Une vibration plus forte fêla un carreau qui tomba avec bruit sur le trottoir.

Se tournant vers moi, il me dit : « Quelle jolie lumière aujourd'hui », et nous continuâmes la conversation comme si nous nous connaissions depuis longtemps.

Puis, après déjeuner, longue promenade le long de l'inévitable canal — péniches-hôpitaux, chalands, soldats pêchant à la ligne, sentinelles cinématographiques — à travers quelques souvenirs de vie londonienne et les oasis de la littérature anglaise contemporaine. Par instants, ses yeux rêveurs de Celte s'allumaient d'une flamme exaltée.

Au croisement de routes où nos chemins se séparaient, il tombait tant d'obus qu'il nous fallut faire halte, et, abrités derrière une meule de paille, observer les résultats du tir. Il me dit encore : « J'ai horreur de gaspiller de l'énergie. »

Puisqu'il y avait tous les quatre coups un intervalle un peu plus long, il ne s'agissait plus que de bien calculer nos mouvements. Cela tournait au sport. Encore une série et nous nous élancerons... On aurait dit le départ d'une course. Les chevaux comprirent très bien.

Mais il se passa quelque chose d'inattendu, quelque chose qui nous fit nous arrêter et, instinctivement, nous retourner l'un vers l'autre, sur nos routes respectives.

Je sais ce qu'il pensa : ça n'est pas de jeu, c'était bien la peine... Son rire parvint jusqu'à moi dans le silence devenu tout à coup palpable : la canonnade avait cessé, sans raison, comme elle avait commencé.

Dans le petit restaurant, trois jours après, je l'attendis vainement. Voilà, *it's all in the day's work*..... Je ne sais même pas ton nom, mon camarade, et je ne te reverrai peut-être jamais.

Bag-Pipes au Soir

Leur sonorité aiguë traverse l'air, les nuages de poussière, le frémissement hargneux des motocyclettes, le grondement des camions sur les cailloux mis à nu de la route. C'est un appel qui attire, et, à travers champs, je vais vers ce son, vers le sommet de la colline où pousse un petit bois jadis épais, maintenant éclairci par des mois de guerre.

Il y a dans le petit bois, des oiseaux innombrables, des feuilles très vertes, des primevères très jaunes, des anémones sauvages et d'autres fleurs dont j'ignore le nom. Il y a aussi des soldats écossais en kilts, eux aussi vert et jaune.

Certains préparent le repas du soir, d'autres attendent leur tour de se faire couper les cheveux; d'autres, bras et torse nus, se lavent auprès d'un seau de toile, et leur chair blonde se rosit des reflets du soleil déclinant.

Mais le gros du régiment est harmonieusement groupé, dans un pré à l'orée du bois. A gauche, c'est les arbres et le campement sonore, à droite, la pente de la colline; et les groupes se silhouettent contre un fond de ciel changeant. Et dans l'espace vide, théâtraux, solennels, inspirés et comme animés d'un délire qui va en s'exaspérant — jouent et évoluent les pipers. Tantôt ils marchent à pas courts et légers, tantôt ils s'arrêtent et on sent un rythme implacable qui se meut à l'intérieur de leurs corps immobiles. La voix des cornemuses s'enfle, s'étale, plane, de plus en plus aiguë, toute puissante; sa stridence semble emplir le ciel, faire vibrer l'air du soir; et les tambours ont des gestes rapides et raides d'automates qui se pétrifient brusquement en attitudes anguleuses.

Et ce concert monotone, nostalgique et autoritaire dure, dure... Comment ont-ils assez de souffle? Ne vont-ils pas éclater?... Et où sommes-nous? Est-ce bien l'Artois et vois-je encore à l'horizon les petits flocons blancs et gris des obus? Où sont-ils transportés, ces Highlanders, par la magie de ces airs et de ces gestes qu'on dirait des rites sacrés de quelque religion disparue? Ou, pour eux, est-ce plus simplement une manière de « Prélude dans le style guerrier » à des aventures héroïques?

Bois mort

Partout ailleurs, quand les vents successifs secouent les arbres, les feuilles jaunissantes commencent de tomber. Mais ici, dans cette contrée étrange et chaotique, où le terrain se montre paré de trous en forme d'entonnoir, de tranchées d'une blancheur inattendue, de redoutes garnies de sacs de terre, de caves béantes, de végétation artificielle et d'effrayants « *bunkers* » — les saisons n'ont plus d'influence.

Ici, il y a quelques semaines à peine, ce fut la clameur immense de la bataille. Maintenant les herbes et les orties recouvrent déjà des tas de pierres pas très hauts qui furent des demeures. Et cela ne semble pas très étrange, ni cette vaste désolation.

Ce qui étonne, ce n'est pas le village reconquis, écrasé par le bombardement et le combat, et que des centaines de corps soient enterrés sous ces décombres que nous foulons, mais l'aspect de ce petit bois.

La route le partage en deux parties inégales et des branches charmantes l'ombrageaient jadis. Sans doute en cet endroit, le sol n'était jamais sec, et l'herbe des talus se mélangeait de mousse. Et ces arbres maintenant, pathétiquement inoubliables, troncs déchiquetés, branches brisées, écorce blessée, sans une feuille, squelettes d'eux-mêmes, mais debout et avec des allures presque grotesques de fagots en fort mauvais état fichés en terre, pour simuler un bois d'hiver, par un camoufleur mal habile.

Ambulance

L'ancienne église, désaffectée, devenue cinéma, puis magasin d'approvisionnements, puis salle de récréation de la Y. M. C. A., s'avère maintenant un décor assez théâtral d'ambulance avancée.

Un rideau d'étoffes disparates divise en deux parties la nef : à droite les blessés qui arrivent attendent d'être pansés; à gauche, ceux déjà soignés, l'heure de l'évacuation vers les hôpitaux de l'arrière. Paisiblement. Assis sur les bancs de chêne, ils se tiennent comme des enfants très sages.

Tandis que, dans le chœur, des médecins en toile blanche évoluent, se penchent et s'agenouillent, comme firent jadis, sur ces mêmes dalles, des prêtres en surplis. On n'entend ni cris, ni gémissements et, seulement, de temps à autre, le sifflement d'une respiration précipitée ou celui d'un obus qui passe au-dessus de nous.

Et ils sortent, ces soldats, seuls ou soutenus, et s'arrêtant devant une porte de confessional campée sur deux tréteaux qui sert de buffet improvisé, ils se réconfortent d'une tasse de bouillon ou d'un sandwich, et réclament la classique cigarette qui ne quitte jamais leurs lèvres — dernière attitude voulue même de ceux qui souffrent atrocement.

Bientôt, convalescents, et tout habillés de langueur, ils souriront à cette campagne anglaise que Stendhal décrivait comme la plus attendrissante du monde.

Au dehors, parmi le brutal contraste d'ombres et de lumière crue que créent les lampes à acétylène, romantiquement couchés sur les pierres tombales qui entourent la vieille église, des blessés saxons eux aussi, attendent leur tour de pansement.

Par une Nuit calme

Pendant trente-six minutes il ne se passa rien.

Après quoi,

Il y eut un grand nombre de fusées éclairantes, dont trois rouges en rapide succession. Ensuite, on vit s'élever une grande colonne de fumée d'un noir intense qui, quarante-trois secondes plus tard, tourna graduellement au blanc. Bruit d'explosion. Silence.

A droite, deux fusées encore, de couleur verte. Silence toujours. Nulle canonnade et à peine de rares coups de fusil.

Dans leur tranchée les Allemands causent; on entend distinctement le bruit des voix, et leurs rires rauques.

A quatre heures cinq un coq chanta. Lueur livide d'un jour sans soleil qui commence : les tranchées crayeuses, les herbes jaunissantes, les chemins gris pâle, quelques fleurs blanches émergent les premières de l'obscurité. Sons de cloches lointaines (Ah! dans ce village, la vie continue, paisible, fraternelle; dans des villes aussi; et nous la trouvions quotidienne...)

Des pas qui s'approchent. La relève.

A un Ami

Ta compagnie passe, détachement de renfort.

Je sens, ah, je sais que je verrai ton nom tôt ou tard sur les listes que publient chaque jour les journaux. Combien de fois je les ai parcourues ces listes sèches, sans commentaires, avec une angoisse jusqu'ici heureusement déçue... Mais j'aime en dépit de moi-même, me martyrisant savamment, à penser par avance au tourment incomparable qui m'envahira.

Mon frère, retrouverons-nous jamais ces moments qui nous paraissaient alors un hommage tout naturel de la vie? Nous aimions les mêmes livres et les mêmes jeux. Ah! que ne donnerais-je pour une partie de golf dans les dunes de Harlech ou sur les downs que dore le vent marin, et, après, un luncheon bien anglais parfumé de sauce à la menthe! Et ces baignades dans la tiède mer glauque qui s'ébat sur les rocs des îles bretonnes; ces soirées dans les music-halls les plus admirables du monde; ces heures calmes de travail dans un décor sur lequel se reposaient ensemble nos yeux contents, toutes ces petites choses touchantes et un peu ridicules de quoi se compose certainement le bonheur quotidien; notre Londres, notre amitié. Ah, que notre vie était charmante et t'ai-je assez apprécié?

Un jour tu es tombé malade et tu es resté longtemps pâle et sans ardeur; c'est ainsi que mon chagrin te couche, abandonné et sans blessure apparente, dans quelque jardin déchiqueté ou dans un champ épouvantable. Pourquoi faut-il que toi justement...

Mais, oh, si ton nom jamais ne figure sur la liste fatale!

Mirages

Du monticule des débris qui fut jadis un moulin à vent on découvre ce que les guides futurs appelleront un beau point de vue sur le champ de bataille.

Le sol est creusé de tranchées que recouvre maintenant une végétation sauvage exaltée, et toute une ville souterraine aux voies obscures s'étend sous nos pas.

Le beau soir. C'est l'heure du réciproque bombardement vespéral, grondement ininterrompu que ponctuent parfois de coups plus forts les grosses pièces cachées sous des feuillages.

Le beau soir se change en belle nuit. La campagne vallonnée et médiocrement décorative a disparu. Une uniforme teinte gris bleuté recouvre toutes choses. Et les bruits s'amplifient. Des murmures s'élèvent.

Immédiatement derrière nous des soldats jouent au cricket — c'est l'heure où, dans les campagnes anglaises, des jeunes gens flâneraient, les jeux finis, bras nus; ah! flanelles blanches et gazons verts et soir infiniment, pacifiquement tendre; (ils seraient en retard pour dîner) — et le bruit sec de la balle contre la *bat* détonne parfois entre deux arrivées d'obus. Guerre et sports encore. Toujours. Contraste presque trop évident, attendu, qui fait « note d'époque », comme l'on voit, sur des gravures anciennes, des soldats empanachés qui jouent aux dés, se servant comme d'une table, d'un tambour.

Cependant, des pays nouveaux s'offrent à nos yeux consentants. O charme amer des mirages.

La nuit n'a point apporté de fraîcheur et la poussière plane comme un brouillard au-dessus du village invisible. On la devine plutôt.

Non! C'est la brume... A la marée montante, le vent du large la dissipera. Regarde, regarde, mon camarade, voici les lumières du port, et le phare au bout de la jetée commence de briller; et ces petites lueurs c'est la côte n'est-ce pas? De l'autre côté de la baie, il y a des rochers roses couverts d'algues jaunâtres; et quand la vague les agite doucement et les déplace, on voit qu'elles sont brunes à leurs racines comme les cheveux d'une femme qui a cessé de se teindre. Il y a aussi du sable très blanc et très fin; comme il étincelait au soleil l'autre jour et qu'il était tiède...

Comment, encore un feu d'artifice?

Mais non, ces fusées multicolores, cette lueur blafarde, ces éclatements rougeâtres, quelles scènes n'éclairent-ils pas? La côte prochaine, on ne peut encore y aborder et les vagues ne sont point marines, mais humaines, qui s'y brisent sur des rocs couleur de sang. Feux de bivouac sur la colline, ô vision déchirée. Tant de liens nous rattachent et nous ne pouvons plus nous échapper.

Près d'un schrapnel qui éclate trop haut, au-dessus de ce qui fut un bois, passe une étoile filante, ah! si pathétique, improbable et sans but. Effet, on peut le dire, manqué. Ah! pauvre Nature, ton tonnerre même et tes éclairs, tes manifestations les plus cataclysmales...

L'arrivée des Prisonniers

Dans la nuit, dans la pluie, ils arrivent à pas pesants, bottes boueuses et tuniques déchirées; une barbe de plusieurs jours leurs fait la figure plus tirée et plus sale; et ils entrent craintivement dans la cour de ferme où ils vont passer la nuit, encadrés par les sabres de l'escorte qui, lorsqu'ils se heurtent à la projection d'une torche électrique, brillent brutalement.

Leurs yeux gardent une expression un peu hagarde d'avoir vu tant d'horreurs confuses. Impression de peurs obscures et de combats sans salut. Certains sont placides... A quoi pensent-ils? Pensent-ils même? Mais d'autres manifestent une évidente satisfaction de ne plus être là-bas; saufs enfin, si captifs.

Il y en a de très jeunes, imberbes, avec des yeux clairs d'enfant et il y en a des vieux avec des figures glabres et des lunettes presque intellectuelles, et d'autres aux mains calleuses de paysan.

Avant de les interroger on leur fait vider leurs poches, et, au besoin, on les fouille. Lamentable étalage. Voici des crayons aux couleurs allemandes, des bouts de ficelle, des enveloppes maculées, des couteaux, des morceaux de pain, des cartes postales illustrées, ah! si parfaitement laides, ciels bleus et montagnes vertes. Voici un étui en métal qui porte d'un côté une Croix de fer et de l'autre un portrait de Hindenburg (et à l'intérieur une boîte d'allumettes avec ces mots : « Protégez la main-d'œuvre belge »). Des cartes postales encore, mais oui, transparentes; et des photographies de famille, des souvenirs pitoyables.

En apparence impassibles, les policemen trient tout ce butin, mettant de côté les renseignements utiles. Leur brusquerie masque-t-elle une émotion lorsqu'ils rendent aux prisonniers ces épaves de leur vie intime?

Presque sympathiquement on les réconforte de thé chaud, de « *bully beef* » et de biscuits; puis on les interroge.

Et, attendant leur tour, ceux qui ont habité l'Angleterre se lancent, timidement d'abord, dans des conversations en anglais avec leurs gardiens. S'enhardissant, ils sentimentalisent ensemble sur « *Blighty* » et les joies de la paix. Le *sporting spirit* anglais peut se permettre ce luxe.

Moods

Ces papiers salis, froissés, ces fragments à qui destinés, manifestations d'une âme à la fois amusée, inquiète et ardente — un irrévocable anonymat magnifie pour ainsi dire leur qualité et leur donne une importance en somme testamentaire; car quelle tranchée ou quelle tombe abrite celui qui prit soin de noter ces phrases, anxieux de calmer son émotion ou de s'expliquer à soi-même, étiqueté soigneusement par une citation, son état d'esprit du moment?

Il y avait d'abord sur une première page un « essai de justification des procédés allemands d'après des documents très anciens et irréfutables » et que seuls les adeptes du *Higher Criticism* oseraient critiquer — quelques lignes du Deutéronome :

« Et après que l'Eternel ton Dieu t'aura livré la ville, tu en feras passer tous les mâles au fil de l'épée. Mais tu prendras pour toi les femmes, les enfants, tout ce qui sera dans la ville, tout son butin, tout le bétail, et tu mangeras les dépouilles de tes ennemis que l'Eternel ton Dieu t'aura livrées », suivies de l'exclamation que Dostoievski met dans la bouche d'un des frères Karamazov :

« Non, la vie est pleine, la vie est belle sous terre aussi. Tu ne croirais pas, Alexey, à quel point cette avidité de vivre s'est emparée de moi. Qu'est-ce que la souffrance? Je ne la crains pas, quoi qu'elle soit inépuisable. Il me semble que j'ai tant de force en moi qu'il me serait facile de vaincre toutes les souffrances pourvu que je puisse sans cesse me dire : je suis. »

Moods encore le :

« Dans les jardins — de nos instincts — allons cueillir — de quoi guérir » (en français cette fois) parallèle sans doute à quelle semblance d'aventure.

Et des fragments de journal : nulle autre distraction pendant ces repos que les harmoniums non inviolables et navrants qu'on rencontre dans les horribles petites églises d'ici, avec un maître-autel Louis-Quatorze, et qu'on étonne d'un bout de Petrouchka ou de Bach. — Etre tué par un maître d'hôtel du Savoy à qui, jadis, on aura peut-être donné un pourboire trop généreux; quelle lamentable comédie.

Puis un commencement de parodie, française encore : « Ou si ces guerres dont tu gloses, figurent un souhait de tes sens fabuleux, Fauve!... »

Et cette finale, sanglotante et inachevée apostrophe : « Ecoute, il y a tant de choses que je voudrais te dire. Non, il ne suffirait pas de les dire; il faudrait, je voudrais les crier... »

O vie inachevée aussi, jeunesse qu'on devine certainement éclatante, qui ne jouira plus de la « douce clarté du jour ». Inconnu qu'on aurait aimé — ces quelques phrases qui te plurent, en guise de fleurs, parmi les blés qui un jour te recouvriront.

Postérité

Les arbres que l'entêtement bruyant des canons ont blessés sont longtemps restés inertes. Sur certains, pourrissants comme ce lambeau de pantalon rouge trouvé, après dix-huit mois d'occupation anglaise, sur cette colline méconnaissable, une gangrène de champignons propage l'horreur de plaies que, pieusement, tâchent à recouvrir des herbes déjà hautes et des ombelles sauvages.

D'autres sortent enfin de leur léthargie; enfin un peu de vie frissonne sous les baisers d'un printemps incomparablement beau. Leur âme s'émeut. Et, des troncs décapités, s'élancent de jeunes pousses vers le ciel bienveillant. Elles sont fortes déjà, obéissantes et fières et leurs feuilles se tendent gonflées d'amour.

O énergies ignorées qui se révèlent, joyeuse et candide jeunesse.

Ainsi, sans plus attendre, les vieux arbres blessés donnent à tous une très intègre leçon de longue patience et de tranquille héroïsme.

Ceux-là ont disparu — Ah! c'est bien dommage — mais ceux ci les remplaceront. La nuit fait place au jour, le calme succède à la tourmente et *the sun moves always west.*

Au Repos dans un Village

Vu de la fenêtre (encombrée de géraniums et qu'on ne peut pas ouvrir) de mon logement, que ce petit village de l' « arrière » est calme ! Qu'on s'y sent donc nostalgique, campagnard et oublié par la guerre.

Le printemps frileux s'impose, vaguement émouvant. Les soldats ont quitté leurs grands manteaux et flânent par groupes au crépuscule, fumant des cigarettes de ration et attendant l'heure où pour eux s'ouvriront les estaminets, paradis aux sols de briques rouges ou même de terre battue. Alors il les envahiront et s'y installeront comme en pays conquis, buvant, chantant et fraternisant avec les territoriaux français qui réparent les routes, ou même dansant entre eux au son d'instruments improvisés.

Mais ce feu d'herbes sèches dont la fumée monte presque droite vers des petits nuages d'un gris pâle vraiment très distingué, voici que son odeur subtile me pénètre et rouvre en mon cœur des chambres que je pensais à jamais closes.

Parfum, croyait-on, oublié des clairs feux de bois où dansent des étincelles, paysages pathétiques, images véhémentes, visions successivement précises ou embrumées, vaste maison provinciale, enfance heureuse, humbles détails charmants, jours émerveillés, — Paris et Londres soudainement oblitérés. Ce retour à la province natale, ce voyage bercé de souvenirs à la fois doux et perfides (ah ! qui comprendra le trouble intense, l'attendrissement lyrique, le désespoir inattendu qu'il déchaîne ?) — l'interpellation brutalement aboyée d'une sentinelle qui semble échappée d'une « boîte de soldats » l'interrompt, et la toute puissante Angleterre se dresse devant moi et me reprend tout entier.

Et une énorme automobile frémissante, ô symbole compréhensif, surgit silencieusement du tournant de la route, avec ses deux gros phares à fleur de tête. Elle laisse le village plus calme, plus nostalgique et plus campagnard encore. Elle l'éloigne dans la nuit envahissante.

La Route

Elle est droite et belle. Elle est sonore. Escortée de hauts arbres et de poteaux télégraphiques calmes, solides, qui n'ont pas l'air improvisé de ceux de là-bas, elle va vers le rivage.

L'herbe reste verte qui l'encadre, les pâtures inviolées et ces bois pacifiques sans batteries cachées ni tentes camouflées. Voici des fermes, des auberges, des bœufs, des champs qui regardent passer la route. Oh ! que c'est donc la grand'route. Elle ne saurait aller que vers la mer. Et on dirait qu'elle n'a pas le sens de l'heure présente.

Au bout de ce ruban qui se déroule, kilométriquement blanc, il y a :

Des faubourgs,
Une ville,
Un port,
Une plage.

Ces villas assez ridicules, endormies, persiennes pathétiquement closes, qu'attendent-elles ? Elles ont leur allure habituelle de villas qui, l'hiver, attendent la saison d'été, et non pas quelque chose d'autrement important. Rien de plus.

La mer est grise. Des mouettes volent, plongent et repartent. Au coucher du soleil, il va recommencer à geler.

Jadis, certains soirs tièdes, nous regardions deux petites lumières qui brillaient sur la côte anglaise. Ces souvenirs sont bien attendrissants. Pour un peu, bêtement, je m'étonnerais de l'indifférence des choses inanimées. Ah !

retournons vers le mess amical au lieu de frissonner en sentimentalisant sur ce sable glacé.

Voici la route sonore. Elle va toujours, fidèle, vers le rivage, comme une noble rivière infaillible dont, pour rentrer, il nous faut remonter le tranquille courant. Que si nous n'en voyons pas les phares, la côte anglaise est toujours là. (Dirai-je qu'elle est « un peu là » ?) Elle attend, elle attend presque sans impatience, comme la villa d'été endormie sur la dune, le retour d'une heureuse et paisible saison dont toutes les heures seront claires.

Mais elle ne dort pas ; elle veille.

Table d'Hôte

Il y a les grands restaurants où déjeunent à la carte les officiers des armées alliées. Il y a les marchands de vin où s'attablent les permissionnaires chargés de paquets. Et il y a les repas à prix fixe des « bons petits hôtels de second ordre. » Ah! tables d'hôte ! Peut-être prit-on pension en de semblables hôtels aux temps déjà éloignés où l'on préparait en province des examens. Linge assez mal repassé et encore humide, compotiers inamovibles, pommes ridées, gâteaux jadis secs, vin blanc acide et vin rouge qui fait sur la nappe des taches violettes (à discrétion), pensionnaires âgés et jamais satisfaits et qui plaisantent avec « la bonne ».

Aujourd'hui la longue table, revêtue de toile cirée, s'enorgueillit de quelques uniformes. De là, quotidiennement, des commis-voyageurs péremptoires et indiscutables dirigent les opérations, exécutent des princes et refont aux pays des frontières, tandis que des dames et leurs « demoiselles » crochètent d'inutiles et fort laides dentelles.

(J'ai vu, aux temps héroïques du Ballet russe, dans la *gallery* de Covent Garden, une Anglaise égarée là qui tricotait, impassible de même, pendant le « Sacre du Printemps ».)

Ce sont, comme l'on dit, des évacuées des pays envahis ; elles comparent inlassablement leurs infortunes et se font mutuellement frissonner par des récits de maladies et d'opérations. Tout cela les enchante, dirait-on, et la cherté des vivres, et la crise des transports : un inconscient masochisme les fait se complaire à la tragédie de leurs existences cependant que leurs maris gardent des voies. (Ils pêchent à la ligne aux instants de repos).

Mais un sens des convenances qu'étiquette parfaitement et sans espoir de translation l'adjectif *genteel* leur enjoint de défendre à leurs filles d'ouvrir le piano — musique, amusement frivole — le piano, qui devient desserte, cordes distendues, ivoire jauni. Seuls permis quelques jeux de cartes enfantins, monotones et bruyants. (Oh! André a encore triché!)

Ah! passe-temps médiocres dans ce cadre de table d'hôte, médiocre aussi. Que tout ce mélange est pathétique et cette atmosphère irrespirable.

Nous, nous venons du dehors — dehors, il y a des prés verts, des ciels changeants, des arbres qui se balancent dans une lumière dorée; il y a la terreur, la pitié, de l'héroïsme qui frémit et la consolante ironie, et la terre éternelle en qui survit la beauté — nous passons et nous ouvrons les fenêtres. (Un peu de vent vient à peine rider la torpeur égoïste de cette eau stagnante). Mais eux, la guerre finie, vont-ils vraiment recommencer ailleurs?

Déjà neuf heures. La nuit annonce son approche.

Au loin plane, érigé, phallique, sa corde tendue comme un désir, un ballon d'observation dans un jeu d'ombres et de lumières. Aux Allemands qui, de leur tranchée, le contemplent, ne rappelle-t-il que les *delikatessen* incomparables et natales qui, cerclées d'une couronne de mystiques myosotis, symboliseraient, semble-t-il, leur assez spéciale sentimentalité, — ou certaines de ces photographies non moins spéciales que l'on trouve parfois dans les poches des prisonniers?

Dimanche

Le canon s'est tu et l'on entend des sons de cloches.

Là-bas, sur la route pavée, passe avec bruit un convoi de camions automobiles. Ils contiennent des matières périssables qui servent à ravitailler les armées et d'autres, qui ne craignent ni la chaleur, ni l'humidité, et qui servent à les faire périr. Ils portent la Vie et la Mort. Donc, ce n'est pas étonnant que, chargés de fardeaux si formidables, ils roulent lourds, lents, dignes, véhéments cependant, crachant la boue et soufflant la poussière sur les routes effondrées d'émotion.

Ici, au bord du canal, calme plat.

Le jour flâne.

Sur le chemin de hâlage des soldats se promènent; il y en a aussi qui pêchent à la ligne et qui ne prennent jamais de poissons, et d'autres qui baignent dans le courant verdâtre leurs tatouages en deux couleurs. Des chevaux viennent boire.

Un peu plus loin, près d'un pont-levis que gardent de concert une sentinelle en kilt et un gendarme en bleu horizon, est amarrée une péniche-hôpital; sa grande croix rouge se reflète presque intacte dans l'eau. Un motocycliste passe à toute vitesse, trépidant. Un fantassin français, évidemment en permission, assis dans l'herbe de la berge, lit un journal de l'avant-veille.

Voici des « civils ». Tiens, non. Ce sont des fermiers endimanchés de noir. La toute puissante atmosphère dominicale revêt l'eau, les arbres, l'herbe et le ciel même d'une parure de langueur. Un parfum de tristesse flotte, subtil. Pourquoi? Mais, oh! mon âme, que c'est donc dimanche le long de ce canal implacablement droit.

La Maison abandonnée

Personne ne nous reçoit sur la marche de la porte ouverte. Quelle tranquillité effarante règne à l'intérieur. Voici la table encore servie, les restes d'un repas inachevé, une bouteille où du vin achève de moisir. Des gestes familiers, cruellement interrompus, semblent hanter la demeure et la peupler de fantômes. Silence étouffant que les gloussements des poules ne troublent même plus. Et l'horloge a cessé de vivre.

Quelques rats s'éparpillent au bruit de nos pas. Ce sont eux les seuls locataires.

Mais quand et vers quels ailleurs se sont-ils enfuis, égarés et pleurants, ceux dont la forme se moule encore au creux des matelas en paille d'avoine? Savent-ils que leur maison presque intacte se meurt de leur départ, et que l'herbe commence déjà entre les pierres du seuil sa lente invasion?

Permission

Une fois encore...

Ce matin, course à travers ce pays désolé, bouleversé (vraiment, ce fut un village?) avec la peur de manquer le seul bon train de la journée.

Et ce soir... Ah! ce soir, un vrai lit dans une vraie chambre, un bain dans une baignoire émaillée. O luxe sans pareil et retour à la civilisation.

Les cinq premières minutes.

Parce que, après... (C'est étonnant qu'on ne puisse pas obtenir de l'eau réellement chaude. Et comme on peut être mal servi, à Paris. Au fait, c'est la guerre.)

Ah! te voilà, tu es en retard, mon camarade. Tu as bonne mine. Moi aussi. La pluie, et le soleil, et le vent, et la vie au grand air. Ce coktail, quelconque, qu'on nous sert n'a point la saveur ni l'effet immédiat de celui pris l'autre jour dans ce village bombardé. « *Like a gentleman* »... Ah! voilà ce qu'ils ont d'admirable... Te souviens-tu de cette chanson que chantaient avec un terrible accent cockney ces soldats en marche vers Thiepval?

So when I die
Don't bury me at all
But pickle my bones
In alcohol...

Et ce jour où l'orage nous a surpris, trempés, et ce galop fou et heureux sous la pluie à travers les champs rapidement transformés en marais. Comme mon poney détestait ces grêlons qui cinglaient ses oreilles charmantes. *We did look funny when we got there.* O moments inoubliables. Le décor, le détail leur prêtent une intensité toute particulière. Et puis c'est toi, et c'est moi. Voilà ce que les autres ne peuvent pas comprendre.

Voui, cet hôtel n'est pas mal. Quoi, il y a une panne d'ascenseur? Il va falloir monter deux étages à pied; et redescendre, à pied encore. *Really*... Allons bon, il pleut. Et pas de taxi naturellement. Regarde le chasseur, il a à la place du bras droit la médaille militaire et la croix de guerre avec palmes. Ça me gênera tout de même de lui offrir un pourboire. Mais une poignée de mains, ce n'est peut-être pas tout à fait assez.

Non, partons veux-tu, ils nous rasent avec leurs « vues du front ». Et ces revues à tendances héroïques, ces couplets farouches des chansons de music-halls, ce patriotisme du retroussé et du décolleté, me feraient douter même de la réalité de la guerre.

Vivent-ils, ou nous?

Et eux que nous allons retrouver bientôt, où sont-ils, que font-ils en ce moment? On ne voit pas le ciel ici, on ne jouit pas de la nuit. Les maisons sont trop hautes.

Je sais, je sais, tu pars demain. Nous ne nous reverrons peut-être jamais. Ah! à quoi penses-tu? Où es-tu? Tu m'as quitté. Tu es déjà parti. Tu marches avec des pieds légers, tu regardes en avant...

CONTIENT :

Vingt-et-un textes :

Absent friends.
Business as usual.
Gramophones.
Campements.
Conversation.
Rencontre.
Bag pipes au soir.
Bois mort.
Ambulance.
Par une nuit calme.
A un ami.
Mirages.
L'arrivée des prisonniers.
Moods.
Postérité.
Au repos dans un village,
La Route.
Table d'hôte.
Dimanche.
La Maison abandonnée.
Permission.

et une gravure au burin exécutée sur un morceau de cartouche d'obus, au front, intitulée :

LES PLAISIRS DU CAMP

Il a été tiré de cet ouvrage 20 exemplaires sur papier de Hollande « Van Gelder Zonen », numérotés de 1 à 20, et 300 sur papier vélin fin, numérotés de 21 à 321.

Exemplaire N° 91

..p. A.-G. L'HOIR
6, rue du Delta, Paris

LIBRAIRIE
DORBON-AINÉ
DIX-NEUF
BOULEVARD
HAUSSMANN
PARIS-IXe

PRIX :
SIX FRANCS

www.ingramcontent.com/pod-product-compliance
Ingram Content Group UK Ltd.
Pitfield, Milton Keynes, MK11 3LW, UK
UKHW022145170726
13837UKWH00004B/1793

9 782329 096308